VICTOR BILLAUD

# FRISSONS

1874

Saint-Jean-d'Angély, chez l'Auteur,

Et chez tous les Libraires.

# POÉSIES

VICTOR BILLAUD

# RISSONS

1874

Saint-Jean-d'Angély, chez l'auteur,
Et chez tous les Libraires.

## A ÉVARISTE MOUTON

*JE DÉDIE CES EFFLUVES PRINTANIÈRES, FILLES DE SON AGE,*

*Qui l'ont sûrement assiégé dans ses aspirations*

*d'idéal ou d'amour.*

# Le Souvenir

## LE SOUVENIR

*Quand nous ne voyons plus, dans un ardent désir,*
*Rire sur un lac bleu les flots de l'espérance,*
*Quand le présent muet doute de l'avenir,*
*Quand les jours ont tari la corne d'abondance,*
*Quand notre cœur se gonfle au doux nom d'une femme*
*Et qu'il n'a plus l'espoir de posséder son âme,*
      *Nous vivons dans le souvenir.*


*Le soleil avait fui derrière les vieux chênes*
*Du plus bel horizon qu'il soit donné de voir,*
*Et parcourait déjà les oasis lointaines ;*
*Le couchant, de vermeil était devenu noir.*

C'était en juin. — Oh ! dis, te souvient-il, ma belle,
De cette heureuse nuit... Le calme d'alentour,
Ton sein, qui palpitait sous la fine dentelle,
Tes grands yeux expressifs versaient des flots d'amour.


J ai toujours sur le cœur la relique trompeuse
Dont tu me fis hommage en cet heureux moment,
C'est un cher souvenir, une boucle soyeuse
De beaux cheveux châtains, gage de ton serment.


Alors nous croyions notre flamme éternelle,
Nous osions l'avouer sans chercher de détour,
Tes propos enchanteurs me troublaient la cervelle
Et me faisaient haïr le moment du retour.


Nous caressions gaîment quelque folle chimère,
Nos intimes pensers, nos rêves de bonheur,
Nous étions expansifs, quand la voix de ta mère
Prononça le doux nom qui commande à mon cœur.


Il fallut terminer cette féerique antienne :
Tu me tendis la main pour y prendre un baiser,
J'appuyai tendrement ma bouche sur la tienne,
Le bonheur, disais-tu, c'est de savoir oser.

Resté seul à ta porte et d'audace plein l'âme,
Dans un fiévreux accès j'entrepris de savoir
Ce qu'il y a d'ivresse à surprendre une femme
Qui se croit, à minuit, seule dans son boudoir.


J'aperçus un abri dans les branches des saules ;
Tu m'apparus bientôt, et ne soupçonnant rien
Tu mis à nu ton sein et tes blanches épaules,
Je n'ai vu de la vie un pied comme le tien.


Tu dirigeas vers moi, commandant au désir,
Des yeux aussi profonds qu'un ciel vierge de nues ;
Tes longs cheveux flottants, — je crus m'évanouir —
Ondoyant sur tes reins baisaient tes cuisses nues.


Sans doute, à cet instant, oublieuse maîtresse,
Tu prononçais le nom de l'amant indiscret ;
Peut-être tu disais un hymne de tendresse,
Peut-être tu songeais à mon dernier sonnet.


Enfin, c'était à moi, je ne puis que le croire ;
Quel autre, à cette époque, eût occupé ton cœur ?
J'entendis un adieu, ta chambre devint noire,
Déjà tu sommeillais, ivre d'un saint bonheur.

.   .   .   .   .   .   .   .   .   .   .   .   .

*Parfois je vais encore errer sous ta fenêtre,*
*Je cherche à m'expliquer ton subit abandon,*
*Je songe à cette nuit où je te vis paraître*
*Belle comme Psyché séduisant Cupidon.*
*Ta fuite du logis est toujours un mystère,*
*Elle a brisé d'un coup un riant avenir,*
*Elle a fait d'un grand rêve une étroite chimère,*
*Où trônait l'espérance il reste un souvenir.*

# Rêve d'Amour

# RÊVE D'AMOUR

Un rêve est un trésor pour tous ceux qui n'ont rien,
En rêve un paria se croit un citoyen ;
Je pourrais, dans un rêve, estimer que le monde
Est rempli dé vertu, d'amour, de beau, de bien ;
Je pourrais posséder Visapour et Golconde,
Le fleuve de Lydie où s'est baigné Midas,
Qui, sur un sable d'or entend chanter son onde ;
Je pourrais voir de même, abusé par Calchas
Et vidant jusqu'au fond la coupe d'alicante,
Les lauriers couronner ma muse triomphante,
    Comme j'ai vu Rose m'aimer.

Eh bien ! sur mon honneur, au moment du réveil,
Quand, ivre de triomphe, et d'or et de bien-être,
Je verrais s'effeuiller les roses du sommeil ;
Quand la réalité soufflerait sur mon être ;
J'oublierais sans regret Golconde et Visapour,
Avec le roi Midas les trésors du Pactole,
Ma muse résignée, au bas du Capitole,
Pleurerait sans médire une larme d'amour...
Mais comment oublier le songe où je vis Rose
M'enivrer du nectar dont seule elle dispose,
    La nuit où je la vis m'aimer.


— Charmeuse de ma nuit, exauce mon délire,
Viens rêver avec moi dans la vallée en fleurs,
La campagne déserte a d'immenses splendeurs
Et les pensers brûlants s'y mêlent au zéphyre.


Crois à ma passion, veux-tu m'aimer, dis, Rose,
Veux-tu créer sur terre un autre paradis ?
Pour t'enivrer d'amour, dans les discrets taillis,
Je serai poésie en ce siècle de prose.


Quand nous aurons trouvé l'harmonieux silence
Qui règne sûrement à l'ombre des grands bois,
Nous aurons l'idéal ; c'est ainsi qu'autrefois
Soupirait Jocelyn aux côtés de Laurence.

Je poserai d'abord, comme un prélude ardent,
Frémissant de désir, la poitrine serrée,
Mon âme tout en feu sur ta bouche adorée,
Dans la communion d'un baiser tout puissant.

Tu m'ouvriras ton sein pour que je m'extasie...
Si tu savais le feu qu'attisent mes vingt ans,
Combien il fait pâlir les plus fiévreux romans !
Mon cœur est un volcan d'où jaillit l'ambroisie.

Poursuivant jusqu'au bout nos transports amoureux,
Palpitante et lascive, entre mes bras pâmée,
Tu boiras à longs traits la coupe parfumée
Que versera pour toi l'amant le plus heureux.

Pour entendre chanter son ivresse à ma lyre,
Les insectes de l'air, les herbes du ruisseau,
La joyeuse nichée aux branches de l'ormeau,
La brise et les épis cesseront de bruire ;

La nature prendra de plus riches atours,
Les bois se peupleront d'amoureuses Dryades,
Neptune frémissant baisera les Naïades,
Peut-être le soleil arrêtera son cours.

# Conseils a une Saintongeaise

# Conseils a une Saintongeaise

Oui, si le destin m'eût fait naître femme,
　　　　Si j'avais votre âme,
　　　　Vos divins atours,
Je voudrais sans cesse, ô fleur de Saintonge,
　　　　Peupler un beau songe
　　　　De charmants amours.


Je voudrais d'abord que de ma jeunesse
　　　　L'amant tout ivresse
　　　　Partageât le feu ;

L'amoureuse fleur, dont chacun raffole,
Ouvre sa corolle
Au papillon bleu.


A cet âge heureux, où tout vous convie,
On peut de la vie
Diriger l'esquif ;
J'irais par les mers chercher mon étoile,
Confiant ma voile
Au flot fugitif.


Je ne voudrais pas, — oh ! pour tout au monde —
Voir ma taille ronde
Charmer un seul jour
Ces dandys gommés qui sont tout pommade,
Et vont d'un ton fade
Vous faire leur cour.


Mais j'accorderais, dans un doux sourire,
A l'âme en délire
Un droit à l'espoir ;
Comme ma beauté j'aurais ma noblesse,
Et dans ma sagesse
Serait mon pouvoir.

Quand se montrerait l'élu de mon rêve,
Sans détour ni trêve,
A cet homme heureux,
J'ouvrirais un cœur vaste comme l'onde
Limpide et profonde
Où plongent les cieux.


Je dirais des chants, s'il en était digne,
Ainsi que le cygne
Qui parcourt l'azur ;
Pour mon âme en feu notre mariage
Serait le présage
D'un bonheur futur.


Avoir un enfant serait mon envie,
Pour charmer ma vie
Lorsque les hivers,
Traînant après eux leur sombre cortége,
Auraient de leur neige
Blanchi l'univers.


Que dit ce beau sein, pourquoi cette allure?
Crois-moi, la nature,
Qui fit la beauté,

*Voulut, chère enfant, dans un jet de flamme,*
    *Enseigner à l'âme*
    *La maternité.*


*Oh ! oui, n'est-ce pas, charmante fillette,*
        *Tu vois inquiète*
        *Poindre l'avenir ?*
*Sans doute il te montre un bonheur semblable,*
        *Ton œil adorable*
        *Pâlit le saphir.*

# Délaissée

# DÉLAISSÉE

Dans le lit nuptial, — autel où l'on adore, —
La douleur sur le front, la rage dans le cœur,
Une femme aux doux yeux, qu'un mal poignant dévore,
Redouble de sanglots lorsqu'elle voit l'aurore
Répandre sur sa couche une pâle lueur.

Son visage est mouillé de larmes abondantes ;
Pauvre âme ! elle aime encore un époux qui la fuit,
Et pendant que, bestial, il fêtait les bacchantes,
Martyre elle comptait les heures accablantes
Qui sonnaient lentement comme un glas dans la nuit.

C'est en vain qu'à présent sa poitrine palpite,
Les douceurs de l'amour ne la fécondent plus ;
A suivre le sentier de la vie elle hésite,
Pour cet être abattu le bonheur est un mythe
Envolé de la terre au séjour des élus.


On sent qu'elle maudit, dans un transport sublime,
Le cercle vicieux où se meut l'univers ;
Combinant le réel avec le rêve intime,
Dans l'avenir confus elle creuse un abîme
Où va la bousculer l'ouragan des hivers.


Elle est abandonnée, et pourtant elle est belle ;
Que de pensers promet son front vaste et fiévreux !..
Son œil profond est pur comme l'eau qui ruisselle,
Délicate à l'excès, comme une tourterelle
Elle doit roucouler des hymnes amoureux.


L'édredon se dessine en contours admirables
Et semble frissonner aux approches des seins,
Je crois bien que jamais formes plus adorables
Ne durent inspirer caresses plus aimables
A l'hymen ingénu dans ses premiers desseins.

Je la vois un beau jour, candide promeneuse,
Au soleil printanier courir dans les lilas ;
Je la vois une nuit, enivrante dormeuse,
Dans un songe d'azur, poétique charmeuse,
Sourire à l'homme aimé qu'elle aurait dans les bras.


Grand Dieu ! mais si j'étais l'époux de cette femme,
S'il m'était accordé de baiser son cou nu,
Si ma voix fortunée un seul jour à son âme
Avait dit ce serment dont la majesté pâme :
Je brûlerais sans trève un encens inconnu.


Je serais sur un trône en demeurant l'esclave
D'un ange qui devrait commander aux faveurs,
Et puis, aux doux baisers de sa lèvre suave,
Je dirais des accords, harmonieuse octave,
Dont le sujet immense absorberait nos cœurs.


Et la pleureuse pâle aujourd'hui qui blasphème,
N'évoquerait les ans que pour tous les bénir,
Heureuse, entre mes bras, elle dirait : « Je t'aime »
Ces deux mots qui seront un éternel poëme,
Parce qu'ils ont en eux les fruits de l'avenir.

A L'Enfant qui sera mon Épouse

# A L'Enfant qui sera mon Épouse

Es-tu d'Europe, es-tu d'Asie,
Es-tu songe, es-tu poésie,
Es-tu nature, ou fantaisie,
Ou fantôme, ou réalité ?

Lamartine.

Seul, avec l'inconnu, quand je gravis les cimes,
Tout rempli d'idéal j'entends des voix intimes
Qui me parlent amour dans un céleste chœur.
— J'entends par idéal les baisers de l'abeille,
Elle choisit la fleur qui pare la corbeille
Lorsque dans sa corolle elle devine un cœur.

Quel est l'horizon bleu que dore mon étoile ?
Est-il lointain ou proche ?.. Un nuage le voile...
Mon regard plonge en vain dans l'avenir obscur :
Une femme m'attend et je ne sais laquelle,
Peut-être l'ai-je vue, et sa claire prunelle
Un jour a fait songer mon âme aux flots d'azur.


Pour Dieu ! qui que tu sois, fille de ma pensée,
Compagne de mes jours, sublime fiancée,
Qu'une mère chérie a fait grandir pour moi :
Ressens-tu ces transports que veut rendre ma lyre,
Accords mélodieux de mon jeune délire,
Tendrement inspirés par un premier émoi ?


A toi ma vie, à toi mon âme qui murmure,
A toi tout mon amour, divine créature,
Ange qui chaque nuit viens charmer mon sommeil;
Je ne te connais pas et pourtant je t'adore,
Belle enfant que je sais pure comme l'aurore,
Qui s'enfuit doucement aux baisers du soleil.


Je veux que ton œil noir, vierge de tout mirage,
N'ait jamais soupçonné que ce premier rivage
Où la candide enfance aspire le bonheur;

Je veux qu'aucune main, sauf les doigts de la brise,
N'ait paré tes cheveux, belles boucles que frise
Le chérubin ailé qui veille sur ton cœur.


Aimable et chère enfant, source de rêverie,
Chaque jour je te cherche et chaque jour je prie
Le Dieu qui nous créa de bientôt nous unir ;
Je ne t'offrirai point de partager ma gloire,
Avoir su t'appeler est ma seule victoire,
Mais je mets à tes pieds mes printemps à venir.


Au banquet de l'amour mon âge me convie,
Je suis de ces enfants que leur modeste vie
Laisse dormir en paix à l'ombre des tombeaux ;
Une âme aimante et jeune est toute ma fortune,
Je chéris les grands bois, les pâles clairs de lune,
Les fleurs au doux parfum et la voix des oiseaux.

# Morte

## MORTE

Ces gens à deux genoux pleurent sur un cercueil.
Rendez-vous douloureux la chambre mortuaire,
Qu'éclaire faiblement un pâle luminaire,
A partout revêtu les emblèmes du deuil.

Le soupçon du néant aux hideuses rigueurs
Étend jusqu'aux objets son néfaste prestige ;
Dans un vase une fleur s'affaisse sur sa tige,
Et sa corolle bleue a de vagues langueurs.

Près d'une femme en pleurs au visage terni,
A l'ombre de rideaux de blanche mousseline,
Sous les traits d'une enfant un ange se devine,
Comme dans un ciel pur on pressent l'infini.


Tels ces jeunes rameaux qu'emportent les autans,
La vierge fut frappée au matin de la vie,
Quand elle embellissait, souriante et ravie,
D'une seizième fleur la couronne des ans.


A cet âge où la femme est ignorante encor,
Peut-être elle entendait, la blonde créature,
Le délire naissant que doucement murmure
Le souffle de l'amour dans un timide essor.


De l'amour ingénu qui se croit l'idéal
Et va partout chantant ses notes les plus claires,
Après s'être inspiré dans ces voûtes stellaires
Où la moindre parole a le son du cristal.


Hélas ! tout est fini : tel est l'arrêt du sort.
Cette enfant, qu'attendaient les plus aimables choses,
A la face livide et les paupières closes ;
Hier c'était la vie, aujourd'hui c'est la mort.

*Adieu, rêves menteurs ! horizons éthérés !*
*Saintes illusions ! espérances naïves !*
*Adieu, rêves menteurs, dont les forces natives*
*Plongeaient avec amour dans des cieux azurés.*

*Les lugubres pensers et les gémissements*
*Redoublent tout-à-coup, car le timbre qui pleure,*
*A ces gens affolés vient de rappeler l'heure*
*Des suprêmes adieux aux noirs déchirements.*

*Le regard de la mère, abîmé dans son cours,*
*Se tourne tristement vers le lit de la morte,*
*Et plonge dans le vide où le destin emporte*
*L'ange qu'elle voyait planer sur ses vieux jours.*

*Point de trève à ses pleurs ! l'angoisse la poursuit...*
*Elle a les yeux hagards et bien haut se lamente,*
*A cet instant terrible où la tombe béante*
*Lui ravit son enfant pour l'éternelle nuit.*

*Des soupirs, des regrets, inutiles transports !*
*Au fond de tels sanglots il n'est point d'espérance,*
*Contre le doigt de Dieu nous avons l'impuissance,*
*Jamais les pleurs, hélas ! n'ont ranimé les morts...*

# Les Yeux de ma Fiancée

# LES YEUX DE MA FIANCÉE

Ma fiancée a de grands yeux,
Que peuplent leurs glaces magiques
De beaux fantômes léthargiques
Forgés dans l'abîme des cieux.


J'aime à contempler la douceur,
Beaux yeux, dans vos chères arcades,
Peut-être des blanches Naïades
Ma fiancée est une sœur.

Déjà je l'adorais ; un jour,
Bons yeux, vous fîtes les avances,
Puis vint l'heure des confidences,
Où vous répondîtes : Amour.


Grands yeux, profonds comme les mers,
Infinis, étranges comme elles,
Vous fîtes des heures nouvelles,
Des jours heureux de jours amers.


Ils sont mon idéal, ces yeux,
Que peuplent leurs glaces magiques
De beaux fantômes léthargiques
Forgés dans l'abîme des cieux.

# Les Heureux

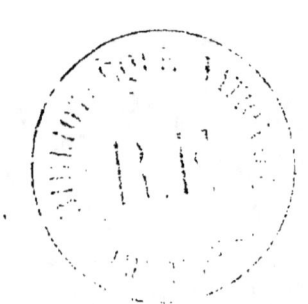

# LES HEUREUX

Le rivage est bordé de nombreux arbrisseaux,
Et le soleil promène à travers leur feuillage
Ses rayons adoucis sur le riant visage
De jeunes promeneurs oubliés sur les eaux.


Ils sont époux d'hier et s'adorent tout bas.
Quelle candeur naïve a leur joue empourprée !
Leurs yeux montrent leur cœur planant à l'Empyrée
Que visitent un jour les heureux d'ici-bas.

N'ayant point à subir la loi de son rameur,
La nacelle s'en va doucement en dérive,
Caressant les roseaux de l'une et l'autre rive,
Sous la branche du vergne ou du saule pleureur.


Encore tout empreint des baisers de l'hymen,
Le visage incarnat de la blonde charmeuse
Éclipse la fraicheur de ces filles de Greuze
Que l'Aurore un matin lui montra dans l'Éden.


Et quand vit-on jamais l'éclair d'aussi beaux yeux
Plonger dans le miroir de ces sources profondes,
Depuis les jours lointains où les nymphes des ondes
Enchainaient à leurs bords les faunes amoureux.


Un mirage charmant se montre aux deux époux :
Le sourire a passé sur leurs lèvres mi-closes,
Ils ont vu leur enfant étendu sur des roses
Et se montrent de l'œil les nénuphars jaloux.


On entend leurs baisers, et la brise des eaux,
Caressant doucement leur belle chevelure,
Y trouve des parfums qu'aussitôt la nature
Aspire à pleins poumons à travers les roseaux.

L'amoureux se souvient du dernier songe bleu :
La lèvre sur le front de l'adorable femme,
Il étreint tendrement son âme sur son âme,
Sa poitrine se gonfle et son œil est de feu.


Tout son être s'exhale en parfums de candeur,
Il peint timidement son ivresse ingénue,
On dirait un zéphyr échappé de la nue .
Et caressant de l'aile une amoureuse fleur.


Son visage est plongé dans un flot de cheveux,
Il est entreprenant à l'ombre de leurs tresses,
On sent passer sur l'eau des frissons de caresses...
Le ruisseau fait un coude... Adieu les amoureux...

POULEUR

## DOULEUR

Cheveux de mon enfant, beaux cheveux d'une morte,
Venez près de ma bouche, ô boucles ! chers cheveux,
Dont la vague senteur tristement me reporte
Au jour où le destin lui ferma ses grands yeux ;
Cheveux de mon enfant, beaux cheveux d'une morte !..


Ombragez son beau front, qu'un père la revoie ;
Redites-moi ses traits, ses petits airs songeurs,
Son œil où l'inconnu se mêlait à la joie ;
Encadrez son visage aux contours enchanteurs ;
Ombragez son beau front, qu'un père la revoie !

Cheveux de mon enfant, précieuses reliques,
Pourquoi restez-vous froids sous le feu des baisers,
Durant les cauchemars des nuits mélancoliques ?
Vous m'obsédez l'esprit de lugubres pensers,
Cheveux de mon enfant, précieuses reliques !


Vous me versez dans l'âme un poison qui la ronge ;
Les rages de l'enfer me torturent les os ;
J'éprouve que tout bien est insolent mensonge ;
Je voudrais voir les dieux brisés par le Chaos :
Vous me versez dans l'âme un poison qui la ronge.


Car je sais la hideur de vos fosses humides,
Pauvres morts ! Mon enfant a perdu sa beauté
A l'ignoble contact de vos odeurs putrides,
Elles sont le linceul de notre pauvreté :
Je connais la hideur de vos fosses humides.


L'horrible m'a couvert de voiles taciturnes ;
Ma vie est une mare où l'on verse du fiel...
— Multiformes démons des visions nocturnes,
Vous riez des tourments de ce pauvre mortel
Que l'horrible a couvert de voiles taciturnes !...

Cheveux de mon enfant, beaux cheveux d'une morte,
Venez près de ma bouche, ô boucles ! chers cheveux,
Dont la vague senteur tristement me reporte
Au jour où le destin lui ferma ses grands yeux ;
Cheveux de mon enfant, beaux cheveux d'une morte ! .

# Fleur d'Amour

# FLEUR D'AMOUR

Avez-vous vu ma fleur d'amour,
Cieux azurés, nature immense ;
A sa tige l'adolescence
A mis son gracieux contour.


Fleurs des champs, des prés et des eaux,
Qui de vous se croirait plus pure
Que cette fleur dont la parure
Est la gloire de vos coteaux.

Avez-vous vu ma fleur d'amour,
Astres, dans vos courses nocturnes ;
Plus belle que les fleurs diurnes,
Elle sait plaire nuit et jour.

Vous aimez l'azur de ses yeux
Pour y plonger vos étincelles,
Dites, veilleuses éternelles.
Vous aimez ce reflet des cieux.

Et vous, ondes, dont le miroir
Par elle s'est laissé séduire,
Que dites-vous de son sourire
Où se baigne un beau nonchaloir ?

Nature, fleurs, onde, astres, ciel,
Regardez bien ma reine éclose,
Et dites-moi quelle est la chose
Qui manque à ce charmant pastel.

J HANE

# JHANE

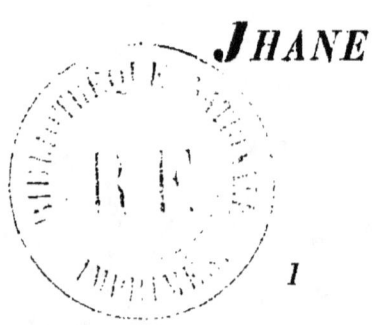

1

Au déclin du printemps, dans une après-midi
D'un certain jour de fête, — et je crois un jeudi, —
Au milieu d'un grand bois, tout près d'une fontaine,
Deux amants sont assis sur l'herbe, sous un chêne,
Et, chercheurs d'idéal, dans un essor béni,
Il tombe dans leur âme en gouttes d'infini.


La jeune fille est belle, et de son regard d'ange,
Qui commande à l'amour, un délicat mélange

D'ignorance enfantine et de savoir naissant
S'échappe avec douceur et captive en passant
Tout ce qu'il peut trouver de jeunesse sensible ;
Et puis je ne sais quoi de grand et de paisible
Est empreint sur son front qu'a peuplé l'inconnu;
On dirait le reflet d'un mirage ingénu,
Quelque chose d'étrange, une timide aurore
Disputant au soleil le fruit qui vient d'éclore.
Ses cheveux, noirs et longs, que pour derniers attraits
Embellit une rose, en anglaises de jais
Prélassent sur son cou leurs boucles amoureuses;
Tout son être est empreint de grâces radieuses ;
En elle tout est vie, espérance, beauté,
La noblesse s'unit à la simplicité,
La candeur à l'amour, la sagesse au mérite,
La terre à l'idéal : — si bien que l'on hésite,
Quand on approche d'elle, entre un rêve menteur
Et la réalité d'un modèle enchanteur.
Jhane est son nom.


                  L'amant que cette enfant adore
Se nomme André. Semblable à l'instrument sonore,
Dont l'âme s'assoupit et parle avec lenteur,
Ou dit, pleine d'ivresse, un concert enchanteur,
Selon la volonté de la main qui l'inspire,
Il chante avec transport le capiteux délire

Que l'adorable Jhane engendre d'un regard ;
L'amour a déployé son riant étendard,
Et dans ses plis soyeux ils ont la certitude
De bientôt voir le jour de leur béatitude.

*II*

*Ah! les belles amours, que celles de vingt ans !*
*Sentir au fond du cœur les vigoureux élans*
*Que fait naître le nom de l'ange que tout nomme,*
*Être moins grand que Dieu mais bien plus grand que l'homme,*
*Et, rempli de pensers profonds comme les mers,*
*S'élancer l'âme en feu dans ces lointains éthers*
*Que peuple de parfums suaves et mystiques*
*Le doigt inaperçu de puissances féeriques,*
*Dans ce vaste milieu qui reste indéfini,*
*Par delà les soleils, bien loin dans l'infini.*

. . . . . . . . . . . . . . . . . .

Tous deux ils sont assis parmi les jeunes pousses,
Et pour velours d'Utrecht ils ont les vertes mousses
Que de brillantes fleurs émaillent de rubis ;
Un orchestre d'oiseaux anime les taillis
Et mêle son concert au doux bruit des caresses ;
Jamais on n'entendit de semblables promesses,
De mots si séducteurs. Au moment des aveux
Le printemps les regarde, et dans ses grands yeux bleus,
Faits d'azur incertain et de force féconde,
S'ébauche un doux souris.

                   De même qu'on voit l'onde
Frissonner amoureuse aux baisers du zéphyr,
Cette enfant, cette fleur, cette perle d'Ophir,
S'émeut, s'épanouit et brille davantage,
Lorsque devient plus fort le tendre badinage
De l'amant enivré des frissons ressentis
Au contact dangereux des baisers consentis.


A cette heure ils sont fous, plus rien ne les conseille,
D'ailleurs, ils n'ont de foi qu'en leur bouche vermeille.

### III

. . . . . . . . . . . . .

Un grand combat s'engage, immense en est l'enjeu.
Que veut donc cet amant dont la lèvre de feu
La brûle de baisers de son œil à sa bouche...
Elle entend divaguer cet homme qui la touche,
Une soif inconnue agite son beau sein,
Tous deux ont senti naître un étrange dessein,
L'amoureuse faiblit sous le feu des caresses,
L'amoureux enhardi redouble ses tendresses,
Il presse triomphant sa Jhane sur son cœur,
Le combat est terrible et l'amour est vainqueur.

# IV

. . . . . . . . . . . . . . . . , . .

Ah ! tant pis pour celui dont l'âme, deux fois dure,
Est un mélange ingrat de honte et de parjure,
Un repaire hideux aux horizons mesquins,
Un roc au bas duquel s'émoussent nos chagrins ;
Ne volez pas vers lui, sensibles vers, cet être,
Un jour, en vous voyant, blasphèmerait peut-être,
Et quoi que vous disiez, en vos plaintifs accents,
Vos efforts généreux resteraient impuissants ;
Il ne sentirait pas, ce personnage étrange,
Son âme s'émouvoir aux caresses d'un ange.

V

J'eus toujours quelques pleurs pour l'angoisse des femmes
Victimes d'un amour ardent et criminel,
Qu'un instant d'abandon, pour le frisson charnel,
Vit tomber de l'azur dans des bas-fonds infâmes.


Pauvre Jhane ! où sont-ils ses beaux rêves d'hier,
Sa foi dans le bonheur, ses caresses d'amante !...
Poussés par le remords les crocs de la tourmente
Obsèdent son esprit dans des rages d'enfer.

Ce qui brise son crâne, — horrible anxiété —  ,
C'est un amour déçu, la croyance enfantine,
La foi dans les serments déchirant leur hermine
Au seuil désenchanteur de la réalité.


Car son amant l'a fuie, et la honte au front bas,
Que suivent le mépris et des spectres sans nombre,
Lui montre l'avenir drapé d'un voile sombre,
Brandissant sur son cou d'ignobles coutelas.


Hélas ! l'homme est de même ; et, malgré ses discours,
— Devant ce que j'écris mon âme se soulève —
L'amoureux d'aujourd'hui, quand il a le fruit d'Ève,
En préfère un nouveau que d'y mordre toujours.

*VI*

Hier, tout le village était en grand émoi.
On accourait en foule aux rives des Grands-Sables,
Où l'on avait trouvé — j'en suis rempli d'effroi —
Un noyé dont les traits étaient méconnaissables.
Le cadavre, arrêté sous un amas de branches,
Était à moitié nu. Tout autour de ses hanches,
Des trous, des trous hideux, se peuplaient de rongeurs ;
Un ulcère violet lui couvrait la poitrine,
Et son ventre effondré, que fêtait la vermine,
Promenait sur les chairs ses ignobles rougeurs.

.  .  .  .  .  .  .  .  .  .  .  .  .  .  .  .  .  .  .  .  .

Jhane s'était noyée, et, le soir, chez sa tante,
J'appris de quelques gens qui savaient son dessein.
Un détail dont l'horreur m'a glacé d'épouvante :
La malheureuse avait un enfant dans son sein !

# TABLE

—

*IMPRIMÉ EN AOUT 1874,*

*CHEZ LEMARIÉ, A SAINT-JEAN-D'ANGÉLY.*

www.ingramcontent.com/pod-product-compliance
Lightning Source LLC
Chambersburg PA
CBHW060453260626
47161CB00005B/2091